雅歌译丛

当代拉美名家诗选

天空的背面
En el dorso del cielo

〔乌拉圭〕
伊达·维塔莱 等
著

范童心
译

山东文艺出版社

图书在版编目（CIP）数据

天空的背面：当代拉美名家诗选／（乌拉圭）伊达·维塔莱等著；范童心译. —济南：山东文艺出版社，2024.1

（雅歌译丛）

ISBN 978-7-5329-5790-3

Ⅰ.①天… Ⅱ.①伊… ②范… Ⅲ.①诗集—拉丁美洲—现代 Ⅳ.①I730.2

中国版本图书馆CIP数据核字（2022）第216488号

©Ida Vitale, Graciela Maturo, Carlos Albert Trujillo Ampuero, Margarito Cuellar Zarate, Tallulah Flores Prieto, Carlos Ernesto Garcia Arriaga

著作权合同登记号：图字15-2023-180

天空的背面：当代拉美名家诗选
TIANKONG DE BEIMIAN：DANGDAI LAMEI MIGNJIA SHIXUAN

〔乌拉圭〕伊达·维塔莱 等 著 范童心 译

主管单位	山东出版传媒股份有限公司
出版发行	山东文艺出版社
社　　址	山东省济南市英雄山路189号
邮　　编	250002
网　　址	www.sdwypress.com

读者服务	0531-82098776（总编室）
	0531-82098775（市场营销部）
电子邮箱	sdwy@sdpress.com.cn

印　　刷	山东新华印务有限公司
开　　本	850mm×1168mm　1/32
印　　张	5.625
字　　数	120千
版　　次	2024年1月第1版
印　　次	2024年1月第1次印刷
书　　号	ISBN 978-7-5329-5790-3
定　　价	59.00元

版权专有，侵权必究。如有图书质量问题，请与出版社联系调换。

目　录

伊达·维塔莱

003　　神秘
004　　书
005　　生命赞歌
007　　驯服
008　　流星的风景
009　　深夜的意外
010　　余烬
011　　流亡
013　　变
014　　这个世界
016　　公正
017　　蝴蝶
018　　水滴
019　　独处
020　　财富
021　　忏悔
022　　八月，桑塔罗萨
024　　画

025 天空的背面

葛莱茜拉·马图罗

029 水之歌系列组诗(六首)

037 星辰

038 宇宙的节奏

039 我心中回荡的汪洋

040 十月

042 醒

043 树

044 记忆

046 见面

047 沉船上的印记

048 犹大

050 下午茶的时间

052 假如你回来

054 玫瑰的低语

056 崭新的季节

卡洛斯·特鲁希略

061 诗歌创作

062 一切都是前言

063 涂鸦组诗(二十一首)

马加里托·奎亚尔

081	隔离
083	诗歌教学
084	滇池的海鸥
085	雨中
086	她的眼睛
087	她的笑
088	她的手
089	象形字
090	几何课
091	陶瓷娃娃的诗
092	页脚的蓝调
093	渔人
094	中秋的讯息
095	言语刺破的伤口
096	燃烧的花园
097	种子——和于坚
100	歌的时代
102	赤脚旅行的人
104	逃犯
107	旅程

塔露拉·弗洛莱斯

- 111 墓志铭
- 113 普拉多玛一座花园中的朗诵
- 116 派对的终点
- 117 说起那条河
- 119 手的寓言
- 121 诗
- 122 短暂的遗失
- 124 回归
- 125 分神
- 126 视角
- 127 风中的困惑
- 128 丢失的名字
- 129 秘密的秩序
- 131 大地
- 132 夜晚
- 133 留痕
- 134 季节
- 135 彼得罗沙尼火车站
- 136 哥伦比亚港
- 139 归岛

卡洛斯·厄内斯托·加西亚

143　勇士的安息
144　激情
145　小情诗
146　1985年的夏天
147　初吻
148　颂歌
149　咖啡
150　零下十五万度
151　逝水之恨
152　阴影
153　明信片
154　追随者
155　宛如晨露
156　预兆
157　丰都山
158　缺席
159　墙上的潦草字迹
160　祖国
161　有人
163　我没有家

166　译后记：跨越地球上最遥远的距离

伊达·维塔莱

　　伊达·维塔莱（Ida Vitale），乌拉圭著名诗人、作家、翻译家、文学评论家。1923年11月于乌拉圭首都蒙得维的亚出生，其家族为早期意大利移民。她曾于20世纪70年代乌拉圭军政独裁时期流亡墨西哥，亦曾多年旅居美国得克萨斯州，自2016年起重新在故乡蒙得维的亚生活。伊达·维塔莱是曾在拉美近代文学史上影响重大的乌拉圭文艺运动"45一代"中的一员，也是当中至今仍然在世的唯一成员。她是"本质派诗歌"的代表人物，曾出版多部诗集，协办乌拉圭、墨西哥等地的数份文学报刊，青年时代与胡安·拉蒙·希梅内斯、奥克塔维奥·帕斯、加夫列拉·米斯特拉尔等著名诗人互动频繁。曾获奥克塔维奥·帕斯诗歌奖、阿尔丰索·雷耶斯文学奖、加西亚·洛尔伽国际诗歌奖，并于2010年被乌拉圭国立大学授予荣誉教授称号。2018年11月，95岁高龄的伊达·维塔莱荣获西语文学领域的最高奖项——塞万提斯奖，成为第五位获得该奖项的女性。

神秘

有人推开一扇门,
收获了一场
鲜活的爱情。
有人沉睡,
看不到、听不到,却知道,
在梦里,
他发现了闪闪发光、
守夜中遍寻不到
的讯号。
他曾在未知的街巷徘徊,
天空中是突如其来的光。
他抬起眼眸,望见了大海,
也找到了一个人与之分享。
我们一起等待着:
喜悦降临,
宛如一道如约而至的天梯。

书

即使不再有人找你,我还会寻找你。
一句话转瞬即逝,而我收藏昨天的荣光
为了那些寡言的日子,
在预料之外的丰富的言语中。
那是在朝圣的风中使用的语言,
用于在死亡的安静上空飞翔。
它来自想象中甜蜜的季节,
独自前往一个必然的时空。
天赋在发光的声音之间被当成礼物赠送,
有过数不清的错误,却依旧顽固地
下沉,在棕榈树深深的根中,
深信有少数的几个人懂。

生命赞歌

站在边缘
找到面包
唱一首赞美诗

徒劳的破坏
废除意志
拥护灾难

陪伴孤独
不抗拒幻想
重建混乱

从紧绷走向浩瀚
从混沌走向闪亮
从任务走向自由的梦

在长日将尽之时
允许死亡一点点逼近
又在每个夜晚重生

从迥异飞向一致
欣赏高台和地基
施与　惩罚　归咎
探寻延迟的灵魂
预备阴影之中的奇迹
赞颂透露死亡的生命

驯服

你先向后退去
精疲力尽
你在干涸中失去灵魂
无法洞悉之中
你试图抵达生命之水
点亮最细薄的膜
一片小小的叶子
不再梦想花朵
空气让你窒息
     你感觉到沙砾
在清晨统治
绿色死去
贫瘠的黄金爬升

但是,她依然一无所知
在某个边远之地
一个悲悯的声音将你浸湿
短暂而幸福
宛如大雨停歇之后
你轻轻摇动的
松枝

流星的风景

假若那番往昔
从不同的起点飞起
到达宁静的华尔兹
如果能够忆起
那碎片般的迷恋
魔幻之山的重击
闪现的屋顶
可以融汇到
苦难的胜利中
琉特琴的音符
随后
夜晚发现结束
蜕变连理的一切湍流
此刻我们一起捡拾
历数经年的慌乱
密密麻麻的快乐时光
或许也有恐惧
和哀伤
直到永恒的暮色
最后的花朵

深夜的意外

一个个精准的词,在你躺下之后
与你的担忧窃窃私语。
树和风跟你讨论着,
向你叙述无可辩驳的种种,
直到一只蟋蟀
出现在你不眠之夜的深处
唱出你的错误之处。
若落下倾盆大雨,它会告诉你
精美的事物将一下子戳进又离开
你的灵魂,哎,弄成针垫一般。
只有向音乐敞开心扉能挽救你:
音乐才是灵丹妙药,让你
与枕头更加契合,
柔软的海豚乐意陪伴你,
远离羁绊与斥责,
在夜晚奇异的地图中。
玩味着韵脚使其更工整,
宛如音符,宛如荣耀,
直到情愿将你放入摇篮,
将连日来的毁灭取代。

余烬

生命或短或长,一切
我们经历过的都归于
记忆中的一片灰烬。
往昔的旅途只剩下
几枚神秘的硬币
价值虚无缥缈。
回忆里仅仅升腾出
一片微尘和一丝香气。
也许这就是诗歌吧?

流亡

> 在多少次徘徊往复之后……
> ——弗朗西斯科·德·阿尔达纳

他们有时在此处,有时在彼处,抑或,
不在任何地方。
每一条地平线,都有余烬吸引。
可以去往任何一条裂痕,
没有指南针没有声音。

他们穿越沙漠
烈日或霜冻在燃烧
穿过无边无际的田野
回归真实,
变得坚固,变成草原。

目光像狗一样躺下,
甚至不愿动一动尾巴。
目光躺下或后退,
如果无人归还,

则在空气中雾化

不再回归血脉，

也无法触及追寻的人。

它溶化开来，无比孤单。

变

生命可以改变
它的枝蔓,像树一般
从翠绿
变到秋天。

灰暗的石柱
灰暗的磨难
果实会再次挂满
就像夏天。

哦,它也可能倒下,
不知会倒向何方,
就像诗歌倾覆,
或者爱落在夜晚,

我不知道尽头在哪里
坚硬、盲目而可怕,
触碰着母亲之水
恐惧之源。

这个世界

我只接受这个世界光彩照人
触手可及、变幻莫测、属于我。
我只膜拜它永恒的迷宫,
它安稳的光芒,尽管藏了起来。
不管是清醒还是在梦中,
我脚踏它肃穆的大地,
它的恒心
在我心中绽放。
它有一个沉闷的轮回,
也许是炼狱,
我在黑暗中等待
雨水,火焰
挣破锁链。
有时候它的光会改变,
那就是地狱;也有时候,极少的时候,
是天堂。
也许有人
能在虚掩的门缝中,
望见彼岸的

承诺与绵延。
我只居于这个世界，
对其怀有期待
充满了惊叹。
我身处其中，
留下来，
直至重生。

公正

农夫在草垛上沉睡
打捞海绵的渔民
在自己无比柔软的收获上休憩
你也要睡一会儿吗?
缓缓地漂浮,在稿纸之上?

蝴蝶

空中飘忽不定的,
是诗歌。
同样飘忽的,
是一只飞来的夜蝶,
不美丽,也不灰暗,
即将消失在纸的褶皱中。
轻柔渺茫的语丝渐渐松开,
诗歌与蝶一起消失不见。
它们还会回来吗?
也许,夜晚的某一刻,
我不再想动笔的时候,
某种比那隐秘的蝴蝶
更为灰暗的存在,
会躲开光明
如同命运。

水滴

撞碎了吗？消融了吗？
片刻之前，都还是雨。
透明国度里的小小猫咪，
顽皮嬉戏，
在玻璃和栏杆上自由奔跑。
在炼狱的边缘，
跟随着，追逐着。
也许，它们会从孤独走向婚礼，
相融，相爱。
幻想出另一场死亡。

独处

一个倒霉蛋独自一人,
一个幸运鬼受够了自己。
你承受的,更多,还是更少?
你想要怎样的玫瑰?只有香气的?
只要柔软鲜艳
不带恼人的刺吗?

财富

多年来,享受错误
和对它的修正,
能说话,自由行走,
肢体没有残缺,
进不进教堂都可以,
阅读,听喜欢的音乐,
夜晚跟白天做一样的人。

没有嫁给一桩生意,
无需清点羊群,
不因亲戚的管制
或合法的体罚受苦,
永远不必再游行,
不再接受那些
往血里
撒铁屑的词语。
自己能在目光之桥上发现
还有另一个
无法预见的人。

做一个人,一个女人,不多不少。

忏悔

回首往昔会令人化为
一尊不牢固的盐雕吗?
一场瞠目结舌的死亡?
自己的囚徒?
一处破碎的美丽风景?
其中的旋律已无法听到?

我该杀死我看见的吗?
那精心刻在我独行路上的,
折起又展平的
神话?
盲目擦除一个个所在,
海滩、清风与时间?

最重要的是,
将已然无用的时刻一笔勾销。
像雨滴,
落入无情的海面。
像我自己的脚步,
哪怕并非忏悔。

八月,桑塔罗萨

某天的雨可以无穷无尽,

可以是一滴一滴,

可以是一片一片悲伤的黄色。

把整个天空、空气

变成泛滥的洪水

把悲伤的光波

化为沉寂和黑暗……

像一只被打湿的乌鸦,

抛却皮肤,抛却水的躯体,

摧毁于高塔和避雷针,

它越过我,向我袭来,

比我高出数倍,

它吼叫着,将我淋湿,与我共用

衣衫和鞋子,

分去我唯一的泪滴,远离母亲的泪滴。

我端详着午后一个又一个的时辰,

寻找着那张面孔,

和温存的语音。

我期待着它丢弃恐惧,

它却在夜幕降临之时转身离去。
我注视着如此糟糕的一切，如此坚实而沉闷。
失去力量多容易啊！
顽石一般，
形单影只，像一棵树，
为每根临时的树枝尖声大叫，
我将为桑塔罗萨的八月而死！

画

我们创建桌上的秩序,
幻想的枝叶,
一场光与影的盛宴,
静止的旅途拉开序幕。
我们用力绘出一片洁白的田野,
让它的光芒之中,
思绪的回声飘荡萦绕着
青涩的形象。
随后我们放开猎狗,
鸣枪让狩猎开场。
静谧而虚拟的图画,
瞬间被撕裂。

天空的背面

偶然发生的
并非巧合:
虚无的碎片保护自己
不受非存在之害,
在信号与冲动中
穿梭往返。
是与否,退与进,
一片片几何的天宇,
在时间中飞行的坐标,
有些什么在发生。
在我们看来苍白的关联,
对无视其他的人则显而易见,
而我们敞开的窗,
从白纱飞扬之处,
被笼进梦里。
只是,所谓偶然,
不过是想象不足。

葛莱茜拉·马图罗

葛莱茜拉·马图罗（Graciela Maturo），1928年生于阿根廷桑塔菲。著名诗人、作家、美洲文化研究学者，曾任布宜诺斯艾利斯大学文学系教授，并于多所高校任教，为阿莱西亚诗歌研究中心创始人。出版有《鸟之风》《面庞》《回声中的海》《请来到我们中间》《尤丽狄丝的歌》《用你的名字呼唤大海》《后世的记忆》《生于词中》《水之歌》《高空的航行》《阿隆德拉森林》《沙的花园》等多部诗集、《阿根廷文学中的超现实主义》《胡里奥·科塔萨尔和新的人》《加西亚·马尔克斯的象征符号》《美洲西班牙裔文学——从乌托邦到天堂》《诗人的目光》《燃烧的原因——拉美文学理论》《俄耳甫斯的乐章》《诗歌：极光的思想》等评论集和学术著作。曾任阿根廷教育部官员，诗歌杂志主编，在胡里奥·科塔萨尔生前与其互动频繁。获第五届卡丘·沃伦诗歌奖。

水之歌系列组诗（六首）

泉水

给阿贝尔·波塞

沉睡而孤独的水
停滞不动
隐蔽而甜蜜的水
形态莫测
从你指尖溜走的鱼儿

你给自己饮下的水
矩阵、瞳眸、火焰
液态的银只为爱而流淌

（我曾是布满尘埃的树叶，被雨水冲刷
风将我的骨骼化为竖琴
而我发现，深幽的泉水）

沉睡而孤独的水活在我之中

我是你燃烧的湖泊中、如冰的双乳间

永远的沉船

孔波斯特拉的雨声

给皮埃尔·马康博

精致是孔波斯特拉的雨声

雨水淅沥

落上灰暗的石板

没入黑色喷泉

瞬间没了踪迹

雨水讲述着

朝圣者们的故事

他们在冰冷的回廊中

疲倦地睡去

雨水唱着一首友谊的歌

唱给一个

即将远去的青年

他将去往河口

去往战场

雨水说,这座古老的城市属于自己

它拥有那些令人倾心的庭院
石柱
午后的广场静美地休憩

罗萨莉娅对我说:
细雨无声。

孔波斯特拉的雨飘下,
滴水嘴兽们轻声哭泣。
钟声丈量着,
没有手表的时光。

舞动的水

给多明戈修士

遥远而欢腾的水
在葡萄园中舞动。
水是泡沫般的少年,
被欢笑充满。
那是一个孩子的微笑,
水因爱四分五裂,
宛如一串长长的珠链。

(就像太阳给你生命般,

你身体中生出新的存在,

长着蜜糖一样的发丝)

水之心

歌唱着

在你生死的天命之间。

谁的舌尖将吐出你深渊的光芒?

你另一个世界中的愉悦

你的歌声在醒与梦之间。

纯净的水匆匆流逝

抵达海岸的洁白墓园

那里的松柏在祈祷黑暗。

话语之水,

晶莹的恩典,

冲洗着我疲惫的容颜。

汹涌的水

给玛塔·萨玛里帕

水又一次进入我的眼眶。

那是巴拉那狂暴的河水,

强劲有力,带着雨林的绿色,充满树脂的味道,
裹挟着树干、红色的花,
沉睡的猛兽、皇冠、骸骨,
和坠落的星辰。

我目睹了巴拉那汹涌的水,
那是对人类愤怒的惩罚。
我看到他的双臂高举起柳树的树干,
在那里,克拉斯汀河畔,
野生的甘蔗树发出狂乱的叫喊。

愤怒而激情的水,
从黑色中心坠落的昏暗之水。
捉摸不定,忧郁哀伤,
孤寂地拍向岸边,
渐行渐缓,精疲力尽,
老态龙钟。

巴拉那河的水在哀悼,
舔舐着桑塔菲古城的边缘。
爱情与绝情的水,
惨淡分离的水。

那河水永远无法再回到

爱的源头。

水银之水

给汉娜·霍斯科娃

蜿蜒而碧绿的伏尔塔瓦之水
缓慢、昏暗、闪烁、孤单。
水银之水,神秘莫测,
停滞在磨坊的黑木头之间。

我看着你虚幻的天鹅,在水银之上游移,
在雨中战栗。
你的黑天鹅与白天鹅,
守护着时光沉静的秘密。

庄严的伏尔塔瓦之水,
穿过一座座朝圣者的桥
查理大桥,神圣之地,
苍穹之中的庙宇。

我将回到自己生命中的城市,
找到钥匙,
古堡的城门。

海之门

给埃克托·比亚努埃瓦

辽阔的海,像天空般浑圆。
死亡的门廊,
死亡之海。

生命之海,孕育珠贝的纯洁。
时光的矩阵,
珊瑚的摇篮。

摧毁躯体与宝座的海,
双面、蔚蓝的海,
无尽的平原。

门户大开的海,
没有墓碑的地面,
水手们在玫瑰丛中休憩。

母亲的乳房
洞穴
神圣的斑岩。

起源,珍珠,大地,

神殿

港湾

靠岸

星辰

秘密的秩序
已从星辰降临在我身上
我被遗忘的双眼
读过这句密语
我不过是其中的一个字母。
我认得恒星的文字
隐匿的神祇
鲜活的书页。
我读到了他的手迹。
啊,那窗口联结了晨晖
与夜晚的秘密。

宇宙的节奏

那节奏安抚着我,也折磨着我。
我感觉得到,桨在深渊之中的摆荡,
和宇宙中生物沉重的呼吸。
我向内部坠落,每一秒钟都在死去。
我分裂又融合,
再次成为那个认出我脸庞的人。
在词语中寻找自己,
迷失,又失而复得,
下降到钻入骨髓的眩晕和恐惧
最深处,
在我甜蜜的潮水之中,长到高过天际。
联结世间的沉默、众人的声音,
飞升,
毁灭。
感受着鲜活的土地上,坚贞的跳动,
唬人的日子里门开了又关,
这节奏是对我的美丽惩罚。何时停息?
我双手描绘出的符号,将被雨滴抹去。

我心中回荡的汪洋

海浪缓缓拍打,
血液温柔袭击,
秘密的罂粟花,
在我心中生长,却无我而沉寂。
漆黑的暗光,
坟墓光芒四射,超越我的极限,
我迷失在沼泽中。
我凝视着花朵绽放,群星闪烁,
它们在时光中跳动。
我在岸边倾听着。
我怕,成为心中那片回荡的汪洋。

十月

> *那个天使*
> *无休止地摧毁*
> *他黑色的利刃*
> *——阿尔方索·索拉·冈萨雷斯*

你曾说过:
我早该死去。
那时你期待着深渊中至极的赤裸。

(那是一个特别的夜晚,
是被你精心选择的夜晚,
为了这场神圣的死亡。

我姗姗来迟,
为了选择一个字,
为了在这
永恒的门廊中
凝视你。)

你大步迈向你的国度,

——它长久以来,一直属于你。

无言的朋友们

抬起十月的玫瑰花丛中

你易碎的身躯。

醒

我醒来,发现自己孤身一人在茫茫大海,
身处雷鸣般的音乐之中,那音乐只有
沉默能匹敌。
大风拍打着我的心。
整个世界凹陷,承受着我
血液的跳动。
我是一艘小船,
在暴风雨中摇摆,
一只脆弱的骨盒被无限包围
也被无限充满。
我如此独自一人、赤身裸体在波浪中,
直到那一个梦重现,梦中我的宿命
是记忆。
宇宙的雄狮在我面前嘶吼,
扫去时光中凝固的肮脏泡沫。
无助,重新经历每一道伤口,
剑的火焰在我的肌肤之上,甜蜜,宛如
一片如雨般落下的紫丁香。

树

万籁俱寂,明暗之间
你将我引领到那棵神圣的树下
邀请我阅读它巨大的树干
高深莫测
镌刻着述说一切的
奇特符号
我们从最初就已被写就

   我们一起阅读上帝的手迹
   深知死亡恰恰是重生
   若要死去
   必须醒来

啊,生命之梦
漫长的日子,昏睡的灵魂
啊,光芒四射而转瞬即逝的瞬间。

最终会有黄金的尘埃
落入行者的鞋中。

记忆

给豪尔赫·埃米利奥·噶亚尔多

我久久地编织了一件
丝线闪亮的长袍,
我把这细腻的袍子披在身上
那令人陶醉的金黄与紫红
此时喧嚣声将一扇扇窗打破。
我久久地编织了一件长袍
为了给游荡的灵魂穿上衣裳。

带着音乐之眼
我在大地的河流中航行
耳中是玫瑰安静的低语
和日暮时分预知灾难的
惊雷咆哮。
我在这里,在世界的边缘匆匆一瞥
我的双脚依然羁绊在花丛
我的发丝在风中飞舞。

我是露水的医生,
清晨的判官,

出现在凌乱的法堂之前。
一如既往
我宁愿置身于开阔的天宇
宁静地等待
辉煌与可怕的船只到来。

见面

我的父亲来找我
他穿着灰色的西装
平和从容,干净利落
就像那明净的从前
他来了
我戴上宽檐帽
我们去巴勒莫的花园中玩耍。
我的父亲,
不知道你现在想带我去哪里
但我已穿戴好了。

沉船上的印记

最后的日子里的悲哀
集市里转瞬即逝的喧嚣

木片散乱漂浮
我们或许
可以
用来建
一艘新船

已经没有时间了
有人啜泣着
有人预感到灾难了吗?
木片散乱漂浮
一只迷途的羚羊
回归于
躺在广袤的平原中
凡夫俗子的身躯之上

最后的日子里的悲哀

犹大

这是我悲哀的王国,月亮一般孤寂,
你的缺席令它动摇。

这是我无尽而煎熬的孤独。

燃烧的硬币在我掌心闪耀
我选择了它,而不是你的食粮和目光。
我本想忘却那一起用过的长桌
藏身于镜子里
建造一座与你家一模一样的房子。
我本想对你的声音置之不理
在一个猿类后裔的扭曲面孔中。

我尝试过抹去你的血迹。

我现在已明白,你早就看透了我的内心
也知道抓捕你的人的名字
在那清冷月光下的院子里。
你一直清楚我的把戏、我的两面、

我的嫉妒、我在坠入深渊、
我的回归、我的面具、我的笑。

此刻我只有这昏暗的迷雾
和最后时刻孤儿一般的叫喊。
此刻我等待着你的声音把我呼唤。

下午茶的时间

给索菲亚·马菲

下午茶的时间

一只小小的蓝色瓷杯

令人想起了你的身影

易碎又硬气

包裹在中国丝绸中。

你宽宽的颧骨在虚空里浮现

深色的头发扎起来

灰色的眼睛

无尽的忧伤。

白色的桌布上

一朵黄玫瑰

落上你的祭台。

每一片花瓣如未被读出的诗句

在干枯的枝条中

震颤,纸张

和星期天的乌鸫

在它黄金的鸟笼里。

只有你,另一个世代的公主
——莫利纳里叫你"卡斯特亚娜"——
才知道如何摆放你那些纯银的碗碟。
你微笑着,无比神秘,
午后的空气
安详静谧。

假如你回来

给阿图罗·塞莱塔尼

我们谈谈吧,朋友。别让咖啡夹在中间。
你说过你的姓是杂技演员的意思。
那好吧,你已经完成了最后一次足尖旋转。
没有人知道你跳到了哪里
但你已离开。
你此刻是近还是远,无人知晓。
没人再见过你的光头,东方人一样的微笑。

我记得你的阁楼,有音乐和鸟儿
凌乱四散的书,破掉的杯子,
画像,
散乱的汤匙。

你听的是马勒
还用面具表演
给了缺席者位置。

我把这张钞票塞入你紧闭的门
假如有一天你回来

——恭顺的隐士——
或许带着那只金丝雀。

假如你回来
披着你魔法师的长袍
令一朵康乃馨从陈旧的纸中开放。

玫瑰的低语

听听它的低语——
那是一朵玫瑰，是一阵惊雷，是一只飞鸟，
一阵如森林般生长的咆哮，
一颗吼叫的星，
一团火焰，诞生于看不见的心灵。

听听它的低语，没有什么能让它安静——
枪声不行，恐惧不行，夜晚不行，
机灵鬼刻薄的话语也不行。
没有什么能治愈这朵玫瑰的伤痛，
木十字架在风暴中燃烧，
愤怒的飓风混淆了时空。

暴风雨中的玫瑰
在大理石碑之中崩裂
用它爱的紫色
沾染了逝者的铭文。
它是炙热的腑脏，
是属于所有人亦不属于任何人的心。

来自一个在天宇下用乳汁哺育婴儿的
姑娘的体温。
长在人的孤独里,
因永不停歇之人的疼痛而苦涩,
在乌黑僵冷的手中暗淡。

幽暗的玫瑰于胸中沉默的火焰中诞生,
在痴语和希冀中滋长。
放逐的征兆之上,雨滴漠然落下。
一片巨大的寂静到来,在冬日的昏暗中,
被雾气浸湿。
请听玫瑰苏醒后的低语。
那是一只燃烧的母狼,
喂养着未来的曙光。

崭新的季节

> 夏天来了
> 这个暴力的季节
> ——阿波利奈尔

我们的话语
宛如甜美的常青藤般生长。
就像一条奔涌的河流,我们曾徒劳地让它停下,
但它却涌出并流淌到大地之上,
雪花、玫瑰、麦穗之上,
水泥之上,污泥之上。

话语
如彼此依靠的兄弟伸出的手臂一般生长
在鸽子们闪耀的空气中。

光芒此刻向我们靠近,
而我们走动、奔跑、
互通有无。
光芒想要在垂死却清醒者的话语中诞生,

在活生生的话语中诞生,
在爱中诞生。

歌唱着,
我们要让因受蔑视而干枯的顽石重新青翠,
我们会把面孔浸入苔藓,
石榴清甜的水将润泽我们的舌尖。

空气中回旋着崭新季节的讯号,
一群飞鸟落上了笔耕者的荒滩。

卡洛斯·特鲁希略

　　卡洛斯·特鲁希略（Carlos Trujillo），1950年生于智利奇洛埃岛卡斯特罗市。著名诗人、编辑、学者。曾就读于智利大学、美国宾夕法尼亚大学，曾任教于美国维拉诺瓦大学。于智利、美国主编多部文学杂志，创办多个文学论坛，出版有《褪色的缪斯》《写在跷跷板上》《领土》《我们在水下看不到的》《我的极限——诗歌精选集》《书页》《一切都是前言》多部诗集，并与他人合著《奇洛埃岛字典》。作品已被翻译为英语、意大利语、葡萄牙语和俄语。于1997年荣获聂鲁达国际诗歌奖。

诗歌创作

词语隆重地向我靠近,
启动它自己的仪式。
词语隆重地向我聚集,
赤身裸体,在它神秘的斗篷下。
词语隆重地推动我,
轻柔地袭击我,
仿佛老朋友之间的游戏。

但这不是游戏。

我隆重地完成了任务。
至少我觉得是。

我不知道,自己是创作的人,还是作品本身。

一切都是前言

一切都是一本我们从未开始写的书的前言
光是颜色的前言
而颜色是视觉的前言
眼睛是目光的前言
而目光
是令人惊叹的空间不变的前言
惊叹是意料之外的前言
意外无疑是
必将来临的种种之前言

任何前言都是一本从未开篇的书的前言
书的第一页都在想象中存在
想象也是前言
那书的前几页
就是我们生存的这世界之本

涂鸦组诗（二十一首）

涂鸦 1

我的梦中有一匹马

一匹令人叹为观止的马
它在辽阔的风景中奔腾
一挥而就又被摧毁

我梦到一个诞生于
骏马眼中的世界
它在捏造的距离中迷失
为着未来的日子里
那闪亮的透明

马儿美丽得似乎不太真实
它尽情驰骋
在鲜花盛开的梦境深处

有一匹无与伦比的骏马

它在大洋深处迷失

将我留在未知的大陆

那里的梦境是唯一的现实

做梦的人永远不会懂

究竟何为梦中之梦

涂鸦 2

一匹匹马儿无处不在

在这开阔而无垠的天空

巨大的壁画中

马儿无处不在

在五彩缤纷的墙壁上驰骋

牢牢踏住每一个墙角

发疯般四散在港口的山坡

癫狂的图画

在一个精神分裂的男孩脑海中

马儿无处不在

让生命驰骋在另一个纪元的梦中

无尽地驰骋

在海湾旷阔的壁画中

展开纯真鸟儿的双翼

纯真慢慢延伸

直至无法丈量的永恒

不知疲倦的马儿宛如海潮

将瞳孔用一种异乎寻常的色彩

点亮

涂鸦 3

涂鸦之上的涂鸦

将山丘用一条无尽的珠链联结在一起

珠链　河流一样的珠链

壁画之上的壁画

在寂静的夜晚浮现

将石块和水泥变成闪烁的灯光

扰乱无法把控的墙壁

直到它化为风景和混淆

被命名的骏马

马蹄每一步都敲击着鹅卵石

马儿将嬉戏的墙壁涂上色彩

那被苔藓和岁月中隐匿的酸性啃食的墙壁

马唇在无垠的大海面前欢快地呼哧

鬃毛宛如万千条彩虹

群马奔向喧嚣的人海

彩色的驰骋创造出令人迷惑的世界

让这座大洋中涌出的城市

每一个角落都具有了灵魂,充满了光明

涂鸦 4

街道刹那间醒来

被马群经过时雷一般的轰鸣

骤然惊醒

它们踏过壁画上

斑驳的石子路面

散入山间的波涛之中

涂鸦 5

巨大的脱缰之兽从壁画中逃离

迷失于宁静的现实之海

涂鸦 6

万千只奔腾的马儿

宛如多彩的繁星

在山坡上的

壁画中闪烁

红色的马,绿色的马
在壁画中的草原上如疾风奔驰
蓝色的马,黄色的马,橙色的马
在描绘于天空中的云朵上方昂首
摩挲着彼此的鬃毛
感知宇宙中的无辜

绿色的马,粉色的马
阳光一般颜色的马
它们的鬃毛随风飘动
与烟囱中升起的青烟彼此难分
依稀的薄雾
笼罩了整个邮港
用一点点梦境中的色调
预兆黎明

一匹匹马儿遍布每一个角落
高大的骏马,修长的马蹄
伸展至无限
疯狂的马群巨浪
在高高的天际四处奔跑
直到天际与大海相接

涂鸦 7

雨水与篝火崩塌
一幅幅魔幻壁画的色彩愈加耀眼

山峰屹立于双足之上
沐浴在这个星期天的晨雾中

炫目的马儿们
如多彩的瀑布
在悬崖边的屋顶上倾泻而下
进入几百年的梦里
未兑现的承诺

涂鸦 8

壁画上的马匹
张开眼睛
就像一张张嘴
唤醒那无人问津、
生长在环绕海湾的群山之上的
植物的生命
吞下整个世界的嘴巴

千年来视若珍宝的梦
就在那一颗颗水滴之中

涂鸦 9

壁画上的马匹
熙熙攘攘的一群
在那天空深处彩绘的街巷

马儿与天空
急切交换着彼此的颜色
直至形成一片无垠的草原

涂鸦 10

当太阳开始被
无垠的大海吞噬
马儿回到自己的空间
山坡上的小巷
散落四处的壁画中
整个海港将梦之门开启
一个个梦会成群结队
从海洋巨大的眼睛中升腾

涂鸦 11

夜幕降临时
水雾的重量令感官退化
一只陌生画师的手
尝试涂写出几个字
在山顶的
每一堵墙壁上

但和马儿们一样
这只手因精疲力尽而倒下了
也是因为梦中的迷雾

涂鸦 12

我感到一阵奔腾从大海袭来
那是轻吻海岸的微风
湿漉漉的小母马新生的鬃毛

沙滩上尽情驰骋
呼啸的沙冲上山丘
能听到的只有一种悸动
仿佛是心跳声

于安静的驰骋中习得

在古老的鹅卵石之上

不去打扰流逝的时光

和寂静的生灵

涂鸦 13

一阵马群奔腾而过的巨响

雷鸣般从窗口涌入我的房间

奔腾声沿着剥落的墙壁呼啸而过

仿佛亿万个暴躁的狂人

奔腾的马蹄声不停不息

爆裂的色彩奔腾在每一个角落

无法辩驳的奔腾

在我午夜的预感中

颜色在我的预感中炸开

没有光亮　没有声音

周围的幻象

没有光亮和声音

只有远处的一闪

在蔓延世界的海水之上

奔腾而过的巨响将我的感官染成彩色

并不担心把它们打乱

涂鸦 14

世上没有什么可以比拟
马群永不停歇的奔腾
它们在瓦尔帕莱索的山坡上上下下
没有什么可以比拟彩色的万千骏马
从壁画中逃出
将山壁踩在脚下
没有什么可以比拟梦中的马群
在数百万幅的涂鸦里
栖息在沉睡的港口之夜中
无名的街巷与天空相接
不休的奔腾
无名的街巷
迎来马蹄多彩的回响
无名的街巷
潜入梦的海洋
里面布满一幢幢房子
散播着马群奔腾的声响
宛如一条固执的讯息
至今尚未被破译

涂鸦 15

空中的骏马

双目失明却心如明镜的神祇
将阴影之帘散开

山坡上街巷的回响
石子路上和谐喧嚣的回响
散入我们居住的梦中
辽阔的山脉
清新空气抖落凌晨露珠的回响
而此时人们在自己的世界中
沉睡

色彩开始喂养墙壁
紧紧依靠着山坡
鬃毛如海风一般飞舞
用形状和动作填满高度
灿烂的马尾波浪恣意挥洒
给空气更多的空气
用非凡的色彩注满整个世界

涂鸦 16

山坡上街巷的回响

和谐喧嚣的回响

不可思议的小巷组成一座迷宫

散布于梦中宽阔的山脉

清晨的空气颤抖的回响

那些难以置信的世界之中

梦一般的色彩

被风的刷子在墙壁上涂满

飞舞的鬃毛宛如大洋深处的呼吸

灿烂的马尾波浪在空中挥洒

给空气更多的空气

将巨大的世界用空中的色彩填满

飘逸的骏马

双目失明却心如明镜的神祇

将阴影之帘散开

他们都四散而去

隐匿在大地之下

涂鸦 17

无名的画师

将想象中的马群

描绘在山墙之上

勾勒形状，创作色彩

梦中的它们庞大而生机勃勃

永不停歇地奔跑

墙面上画满了马嘴和眼睛

鬃毛和色彩

强壮的胸和疯狂的腿

微风的吹拂

水泥之上呼啸的飞奔

覆盖了彩色的墙面

将其化为梦境

无比迅速

引来疼痛和幻觉

四散于高山与平原之中

使之成为整个宇宙的引擎

涂鸦 18

骏马在云端奔跑

风筝般的彩色房屋紧随其后

被这场飞行引诱

数不清的彩色小船

五彩斑斓,在空中漂浮

幸福的水手

在天空之海中目眩神迷

涂鸦 19

长夜的欢愉之后

色彩回归自己的旅途

一步一步爬上

港口街巷的迷宫

宛如驯良的马儿

不由自主地

回到马厩

涂鸦 20——完全的自由

画板上所有的色彩

一时兴起袭击了山峰和天空

刹那之间

骏马般优美地奔腾

而它们尚不知骏马为何物

也没有色彩的痕迹

在山坡上诞生

涂鸦 21

我是一匹马眼中

破碎的梦

它日夜奔走于

散布在山坡上的壁画中

我是肋骨碎裂的马儿

驰骋着虚幻的梦

在晨间的颜色中

海湾之上明亮的空气

我用仿佛是他人的眼睛

观看

我是风中的鬃毛

属于一个执着的世界

斑驳剥落

剩下暗淡无光的躯壳

辉煌的骏马仍然在回忆中

它在这一片
草原般的天空中奔腾
其中布满了触不可及
又虚幻的梦

我是梦中奔驰的骏马身上
层层叠叠的色彩
港口中沉默的壁画
我是用鬃毛作画的骏马
这无字无画的无尽涂鸦。

马加里托·奎亚尔

马加里托·奎亚尔（Margarito Cuéllar），墨西哥著名诗人、作家、记者、出版人，墨西哥国家文化艺术基金委员会委员。生于墨西哥中部的圣路易斯波托西州，毕业于新莱昂州自治大学，自大学时代起定居蒙特雷。出版有诗集《四月的街道》《动物实验室》《毕业生之歌》《幸福时代》《石头的音乐（1982—2012）》等；小说集《愉悦的风险》及格言集《影子的梦·海菊蛤》；主编有诗集《此水间——拉丁诗人集》《空气的骑手——拉丁美洲与加勒比当代诗选》及新莱昂州自治大学文学校刊《文字与武器》等。奎亚尔曾获法国国际广播电台诗歌奖、卡洛斯·佩里赛尔伊比利亚美洲诗歌奖、委内瑞拉维克多·瓦雷拉国际诗歌奖提名奖、墨西哥短篇小说奖、厄瓜多尔里拉文学奖、西班牙胡安·拉蒙·希梅内斯国际诗歌奖等。多次在世界各国参加诗歌节及文学节，诗歌被翻译成英、葡、德、意、保加利亚、罗马尼亚等语言，作品广受读者欢迎。

隔　离

趁现在还没有被关进四面墙壁

我们的星辰还未被抹去

美元汇率尚未飙上天

到时候可怜的比索形销骨立

留着它也一文不值

放在货币收藏册里也毫无用处

趁着蚂蚁刚开始寻找我们

地图上的云彩还未被抹去

白昼尚未消逝在夜晚的监视器里

趁着杯中的葡萄酒还未结晶

趁着若想送上一个吻，还无须向一张

面具申请许可

趁着所有的星球还没有爆炸

电话线还未变成危险的传播媒介

无论你叫什么名字

不管你居住在哪里

说着哪种语言

做着怎样的梦

我都将这几行字

献给你

2010 年 **3** 月 **17** 日于墨西哥蒙特雷熊猫之家

诗歌教学

她说:"月亮映在水面,
鸟儿们开始聚集,
伴随着第一轮果实的丰收,
婉转啼鸣。"
她的秀发挥舞,
在蔚蓝的天宇中画出象形字,
此刻夜幕正在降临。
她相信诗歌,
并慢慢融入其心,
就像太阳通过光线接受阴影;
我亦信她,
让她走进我的心,
就像阴影拥抱阳光,
照亮了所见的一切,
和看不见的一切。

2015 年 9 月于中国云南昆明

滇池的海鸥

银镜中月光般的双眸,
注视着数千个寒冬以前,
海鸥在空中翱翔的轨迹。
这些鸟儿们做的,
不仅是迁徙,
以及用歌唱描绘天空。
它们偶尔也落上树的枝干,
注目降临的阴影,
飞往另一个季节。

2015 年 9 月 24 日于云南昆明

雨中

细雨是我的音乐
牵着她的手
漫步在树林中
我不需要伞

2015 年 9 月 26 日于云南昆明

她的眼睛

如果你觉得她眼睛细小,
不够映照出地球另一端发生的事情,
那就大错特错了。
这个女人的双眼宛如明镜,
能在黑夜统领千军万马,
也能指引一列战斗机编队从泰姬陵飞到乞力马扎罗。
这双眼睛不看我的时候就是日食,
而一旦看我,海啸撼动我身上的每一粒分子。
就像两颗不相干的果子,在一个杯子里被打成汁,
直到味道和颜色,化为同一个。

2015 年 9 月于云南昆明

她的笑

她的笑与行进的列车步调相反,
我把它珍藏在玉匣中,
随身携带。
夜晚,
我的故乡,
群山万籁俱寂,
一颗心随着音符跳动。
她的笑是黑暗中的守卫,
在深夜中穿越鲜花盛开的河。

2015 年 9 月于云南昆明

她的手

如果她的双手冰冷,
我的故乡足够温热,
那里的夏天像她的秀发一样绵长。
柔嫩的芦苇丛在风中摇曳,
书写着我们临别的话。

2015 年 9 月于云南昆明

象形字

从地球的一头到另一头,
被风轻拂的面孔。
一个音符,是风景。
从何时起,美可以被翻译?
黑夜如向风而去的火炬,
遁入永不复返的季节。
瞬间,一切都放出光芒。

2015 年 10 月 31 日于墨西哥韦拉克鲁斯

几何课

我们会从哪阵气流中浮出?
火花中的星球能否辨认自己的声音和伤口?
我不知道我们会在哪颗太阳下相见
也不知我们的名字
会用哪种语言,在哪个国家被高声喊出。
我不知道海涛会在哪片天空下翻滚
鱼儿在震惊中迷失
又攀上同一个浪头。
我只知道每天晚上光芒休息的时候
两颗行星在一片星云中飘浮
描绘出联结又分割整个宇宙的弧线。

2015 年 10 月 31 日于维拉克鲁斯至墨西哥城的高速公路上

陶瓷娃娃的诗

目光创造世界。
一个在另一个中间
它的过去没有名字
很多事物尚未发明。
太阳,它在所有的地方都叫这个名字吗?
我说出燃烧的树枝:
为你命名的字母
踏上旅途,走向哪些秘密?
这不是娃娃的时代。
王国进入了停滞
青蛙在泥潭中跳跃
全然不知自己是曾经的君主。

2015 年 11 月 1 日于墨西哥城

页脚的蓝调

我的国家是中午。云彩
就要冲破束缚它们的丝线。
都市怪物的触须缓缓移动
仿佛即将行使法力的
神灵的目光。
一群舞者晃动着头上的羽毛
一只悲伤的小号带来
蓝调大师的音讯。
声音中的沙哑有些像查理·帕克，
而低沉的音符又可能是约翰·李·胡克。
然而谁也不是，也许只是风。
又是谁提起过云彩和旋律？
沙漠中猛兽的名字是怒火，是毁灭
是恶名昭著的乌合之众。

2015 年 11 月 1 日于墨西哥城

渔人

I

有一只鱼钩,
就足够写作了。
坚信能找到大海,
就放心下河吧。
诗人养育的鱼儿,
有的不是深度,
而是高度。

II

海洋并不是自古就在那里,
山峰也曾几何时是浪的波纹,
万物的存在都复杂而相对,
只有钟表的指针对一切了然于心。

2015 年 11 月 12 日于墨西哥瓜达拉哈拉

中秋的讯息

为爱而病的人们不会行走,而是漂浮。
在空气中升腾,
消散在烟雾般的栀子花中。
他们莽撞冒失,如同摧毁城池的炸弹,
像没写好的诗句般单调重复。
他们航行的河流中,
没有清水,满是花蜜,
裹挟了所有的花,
连一个花苞也没剩下。
啊,小夜曲,那贴在车身上五彩的纸片,
心形的气球漫无目的地向上飞升!
直到月亮也感染上这爱情的病毒,
失去了颜色,
又慢慢变红。

2015 年 11 月 18 日于墨西哥瓜达拉哈拉

言语刺破的伤口

我用刀划开一个个词语,
切下的小片带着声音和怒气。
但一切都无济于事。用名字
称呼每样东西远远不够,
说同一种语言也不行。
每个大洲的沉默都一样。
距离不可翻译,
各地的光异曲同工。
如果有人问起,命运是何陷阱。
我在大漠之中说:石头,
它在那一刹那化为甘露。
我夜以继日,身骑竹马,
向彼岸扬鞭驰骋。

2015 年 11 月 12 日于墨西哥瓜达拉哈拉

燃烧的花园

黎明,我们不在
让树枝摇曳的清风里;
也不在
擂鼓般的话音冲破宁静的市集里;
也不在
跃跃欲试等待快乐嘴巴的果实里;
甚至不在
放射出缓慢光芒的太阳里。
忽然有人冲破了围栏,
阻隔彼此的岁月和大海,
我们再次成为狂欢中的最后一段和弦,
成为果实的滋味,
燃烧的花园中的第一簇新芽。

2016 年 10 月 11 日于墨西哥瓜达拉哈拉

种子——和于坚

我该带什么回家

才能消弭你的城市与我家乡之间的距离?

树林在湖水中的倒影

滇池

她的秀发剪出的一朵莲花

金黄色山雉的歌声

或者正中靶心的

云层的利箭。

也许带上她的笑声

每天用不同的声响把我叫醒。

或者她浓密的黑发

为我遮挡烈日

阻隔厄运。

不行,长着海豹脸的安检员

会对我百般刁难。

他会拧干我的湖水,让滇池干得像地毯。

如果让他发现

山雉的歌被藏在行李箱的秘密夹层,

一定得开下高额罚款。

我不带博物馆里的珍宝，

也不买机场的纪念品。

如果我托运一束阳光

会被指控把整个时间系统打乱

我的国家

因此有七零八落的危险。

朋友们托我买熊猫玩具

中国娃娃

中文的《李白诗选》。

我能不能带走南国的云彩？

从西伯利亚飞向滇池的海鸥？

或是她的双手，让我给她温暖？

我还是带走随便的一粒种子吧

一小片千年的震颤，

它与我邂逅，来自近在咫尺的高原。

海关的安检觉得我疯了。

他不会明白，

我的种子里面，

是一座城市、一个国家，和一个小小的女子

她像风的音乐般光芒闪闪。

如果我太过紧张，种子会被发现

那就把它放在胸口

让心和它交谈

它们会约好

下一个雨季再见。

2015 年 9 月 23 日于云南昆明

歌的时代

公鸡的歌声追随着我,
"爱情也是一个时代。"
从另一个王国传来。
说话的是一个眼睛细长的女人,
她的双手宛若空气。
我看着湖中的天鹅,
公鸡的歌声追随着我。
它来自森林,
而不是一步之遥喧嚣的城市。
有时我觉得那是开裂的伤口,
歌声令人心痛。
或是从一件长满鲜艳羽毛的乐器
发出的独奏。
那是夜晚战争的呐喊
宁可一直做长不大的幼虫
而不冲破天际。
我居住在并不属于我的土地。
公鸡的歌唱把我弄醒
"爱情也是一个时代。

歌声如欢庆新生般欢庆离别。"
在爱中，公鸡忘记了歌唱的理由，
疯狂迷恋色彩斑斓的母鸡。
但它没能唱出男低音，
只有可怜的一声"喱——"，
摇摇欲坠，如同叹息。
"歌唱也是一个时代。"
公鸡一边说，
一边嫉恨地瞪着它旧日的情人，
它们都在意气风发的壮年雄鸡身边花枝乱颤。

2015 年 10 月 8 日

赤脚旅行的人

人们都在笑我,因为我拉着空空如也的旅行箱走在街上。
他们不知道,那里面装着我的家、我的孩子、我的故乡和生存之树。
"你的家是像宫殿一样,
还是如米粒一般大小?
你的生命之树是芦苇的嫩芽,
还是棵矮小的柳树?"他们问。
"不管你拥有的是豪宅还是空气,
不管生命之树是高大的栎树,
还是沙漠中的荆棘。
只要你的家一直跟随你,
你的树根茎牢固,
能开花结果就足够。"我回答。
"哈哈哈,你的故乡是个模型?
还是她画的简笔画?
你的孩子们都是瓷娃娃吗?"他们追问。
我沉默,以此回答愚蠢的喧嚣。

我一边思考,一边拉着空空如也的行李箱,走向世界的每一个地方。

2015 年 11 月 14 日于墨西哥瓜达拉哈拉

逃犯

我的梦不见了,不知道

我能不能捕到它,很难

弄清楚它去了哪里。

我听到火车的呼啸

不知道我的梦是不是在某一节车厢里

偷偷潜逃。

夜很静。我,没有了梦,惴惴不安。

我打开灯。一首蔡天新的诗

也许是它偷走了我的梦。

我把梦小心地折起

就像折一件衬衣

放进旅行箱。

如果有人把梦还给我

我就送他一个数字:

——我的花园有一棵小树,

开的不是花而是数。

小树没有读过书

却学会了算术。

或许拿走我的梦的，

就是这棵树。

一株只能从一开到十的植物

还能指望它做什么？

每个数字颜色都不一样

我写下这些诗句，想到佩索阿说过——

"石头不能写诗。"

如果石头不是诗人

就是植物。

也许远方吠叫的狗

守护着我的梦，

或者在破晓时大叫的雄鸡

偷走了金色羽毛

和皇帝头上一样的红色皇冠。

我仍然在白天寻找我的梦

打开一册古老的画集

两个人物一见钟情。

在画的色彩中

我的梦寻找借口

与我和解。

我想，我的梦离我而去

是太阳的错。

也许，它没有地方去

也许大道和星辰

就是我的梦现在的

新家园。

2015 年 12 月 10 日凌晨于墨西哥蒙特雷桑塔卡特琳娜住宅区

旅程

白天要从哪里启程,才能赶上这里的黎明?
还要蜕去多少层皮囊,才能变成现在的模样?
光在薄雾中摇荡,
鸟儿漫飞,花朵无视命运。
明天尚未来临,雨在大洋彼岸飘落。
另一个国度是夜晚,月光的斗篷,身在哪个星球?
白天的行囊中装满音乐,
而我是一头猛兽,看见的不是铁栏,而是五线谱。
如果,
早晨是一支灯柱,
沉默的树冠,
羞怯的光亮打开通往阳光的路途,
我把这些词语的源头,
变成观者眼前的戏法。
晨曦要在多少河流中沐浴,才能走到这里?
我们迎接晨曦,就像迎接面包。
虽然在她的东方,我的破晓是她的黄昏。
我把阳光装进口袋里,是够我花上一整年的硬币。
我骑着竹马,扬鞭驰骋。

她剪下深夜发光的叶子，

向我奔来。

此时我的双手化作草原的清风，

为她宽衣解带。

2015 年 11 月 8 日

塔露拉·弗洛莱斯

塔露拉·弗洛莱斯（Tallulah Flores），哥伦比亚著名女诗人，1957年生于哥伦比亚巴兰基亚。曾于罗马尼亚布加勒斯特大学学习语言学，并在美国纽约州立大学取得跨学科硕士学位。出版《爱的诗歌》《时间的声音》《电影制片学》等。其诗作已被翻译为英语、罗马尼亚语、匈牙利语，多次参加国际诗歌节。于2003年获得罗马尼亚阿尔杰什诗歌节大奖。为巴兰基亚国际诗歌节的创立者与负责人之一。

墓志铭

如若没有分寸,那你算何方神祇?
你不睁觉,
不睁开双眼,
你循着足迹,
将人类在地球上的脚印抹去?

贩运害人的梦,
你是谁?
该死的朗诵在你爬行的耳边
无止无休
令所有盲人、疯子、圣人和英雄
能够嘶喊
当他们陷入熊熊燃烧的火焰中。

悲伤的仪式:好大的骗局!
掌声此刻已在大地上的一座花园准备就绪,
狂怒的宁静在旋转的鼓里
那人在你鲜红的话语之中已然到来。

上帝啊,古老的东方之镜。

请允许我们复仇吧,至少在这一刻。

也请不要在坟墓上方建造更多

完美的石柱

这些墓穴如瘟疫般凶猛,却空无一物。

普拉多玛一座花园中的朗诵

或许每一个真相
会分裂成更多的真相,
一刹那
在我的双手之间
一个真相缓慢地破碎,
你的脸庞,
或是一个故事,渐渐失去力量。

就是今天,
花园化为天空中的大海,
无所不知。
它讲述着船只与丝竹、
碎石与沙砾的故事,
还有穿过热带走廊的风,
这声音楔入此刻困住我的港口。

我闭上了双眼。
酷热发出声音。
蚊虫在树叶间沙沙作响,

一只鸟在水中怒发冲冠,
拂过的风那么熟悉,又那么遥远。
千真万确的故事一波又一波涌来
宛如词语们在前进。

从何时起我如此孤独?
太阳在这水之乐章的空间
月亮几乎被水淹没,而金星
谨慎地继续
动作如此隐晦,无法让我着迷。

从何时起我如此孤独?
眼睛在枝条上
光在树中
    完全在其外
奥维修斯将整个生命付诸流亡
从康斯坦察港。

我睁开眼睛
我没有扮成诗歌的远景。
我在此刻当中:
是贺拉斯正式的邀请,
奖赏眼前的阴影。

相信我：

我期望自己被写入心愿，

但一切都不可见。

这些水不是黑海，

我只能看见你的双手

和一片纸，或是一段路，

我怀着对这个世界的眷恋书写，

世界耍弄我们，我亦玩世并感知

在这被你的手臂遮住的海岸

随便哪一座花园

而你的双眼继续

无法逃避、坚定决绝

那座古老的栈桥已然透明

你建起了它，我却无法到达。

派对的终点

于是我转身,高声说道:
我,并非报复性地抗击了一天的恐惧
如此真实的恐惧,
我放弃了在阳光下分辨自己,在它的时光中
愿意让责任永存,懒惰永在,
为每条路线都换上我不同的面孔,
零散的认知
我学会了双脚踏在地面时,
从内心跳跃。
我还可以拥有夜晚吗?

我穿越了一扇门。
从那扇门的另一边
用唯一的希望,没有黑色云朵的眼睛,
我膜拜过我的恶魔,畏惧着它们近在咫尺的存在。

就这样我曾处于毫无征兆的红色沉寂之中
那些舒服的座椅没有回头的路,
在柔软的流亡里,酒吧表明
这并不是另一个故事:
派对的终点谎言如浓烟四起。

说起那条河

我身无长物
可比肩这些美丽的人们
他们用自己的身体幼稚地袭击
河水生锈的舌头。

渔夫是河流中更小的河流。
几何是这个世纪尘垢的刺青
经过并停留在每一个港口,
在水边的每一处五彩河岸:
碧绿、土黄、赭红,
只有鲜活的事物才展现出的颜色
一切完好如初。

完好的黑色河流
我双腿之间完好的水手
癫狂而固执的水草
在太阳投下阴影时疲倦地呼吸
造就另一种风景
被远洋中的船只带偏。

我不希望这条河在它自身的湍流中淹没。
我不愿它失去回忆,在淤泥中搁浅。
我不想它屈服于贫穷
这一切沦落为一种古老的表演欲:
那记忆中某个电影院的形象。

手的寓言

我惧怕这双永不停歇的手。
它们让我重新认识自己
不必明白它们彼端的黑暗
和它们揭示错误的意图。
我的故事
就在这里
在梦境的上、下、里、外
我完全被发现
通过光的跳跃
我的双手总会被困在镜中。

夜晚,
双手孤独而狂暴地摇摆,
词语在行走,
它们是先知,玩弄我弯折的眼睛
当我撒谎否认在等待另一个时间。

这不是巧合:
在喧嚣之中,

我的声音里，
被子之间的热度，
我的双手袭击了我的整个身躯。

每个夜晚都是它们的派对。
它们放荡不羁，夺走我的姓名，
我曾经拥有的面孔、幻觉和激情，
日期、恐惧、多年来触碰和激怒过的事物，
吞噬我此刻已失去的时空。

水。光。手。
我已遗忘的大片鲜血。
若我出离于自己，
若我的记忆迷失在一片空白
在一场彻底的黎明，
若我的双手能被风带走。

诗

这翻开书页的冲动
接着是字符们永远千变万化的节奏
留下一个几乎难以察觉的信号
在穿过一切的轮廓中
揭开一棵支离破碎的树
计划着一场凌乱的逃亡。

落叶在空气中四处飘舞,
它们并不明白空间的游戏——
在字里行间软化并消退
任它们落入滚滚的河流。

没有人知道,
迷醉之时,每个字符都会移动
它们一个接一个登上大地的阶梯,
街灯上的光之桥
读者沿路的足迹
纯真地等待一首诗结束。

短暂的遗失

阴影，

无限思绪之残余，

凝固的视野，

我被剥夺了我所无视之物：

    冷漠与恐惧。

夜晚，

千篇一律，

我的双手沉默

   冰冷

出离于我

呼喊出零散的心跳。

我看到自己的影子，

想象自己的目光，

他人遥远的目光，

记忆的墓地，

阴暗的记忆，

呼喊的碎片之上

沾染污渍的意向，
　　　　碎片的碎片。

我睡去，我醒来，
一模一样的工作时间。

今天我又一次闭上双眼，
我再也无法看到自己。

回归

击打一个画面
讲了一千遍的故事
　　　　　没有否认
　　　　　也不再是最初的版本
所有的句子之外
主题都正中靶心
现在
　　　　　当前
更新的时间
人
时间与人和解
故事逃遁
变形
　　　　　直到无影无踪
在探寻之中
它轻轻一动
　　　　　将整个世界
占领

分神

沉思的引诱者，
将那一刻的魅惑，
耐心
与恐惧结合，
——惧怕成为那触不可及的存在的奴隶。

而那一瞬间
思绪到来
竟意外地准。

视角

或许他只是记起了烟雾
厅堂中的光
跳向另一边,接受夜晚
但那也是通向广场的路
一个目光覆盖了所有
因为那原本是条狭窄的小街
穿过庭院
和那些呼喊
熨平衣服之前
他打开房门
跑向广场
紧紧盯住那一束烟

风中的困惑

晌午将近之时
她溜进房间
捧起那书本
在这其他邻居们
都要午休的时间
她想重读几行
在半信半疑中讲述
此刻她把目光投向窗外

尽头的天空
遥远,在树枝的庇护之下
毫不费力地升起
每一根树干都在遮挡、描画天空
她缓缓地支起头
风一次又一次吹来

风偶尔停歇
树恢复了躯干

丢失的名字

城市记得我的名字,
因为我尚未死去,
或是我一直重复的名字尚未死去。
词语
从未属于过我,
但我一直忠于它,即使不说出它的名字。
我惧怕沉闷、惧怕死亡
和时间,
意象的符号,或是话语的苦楚,
我重复着的不精准的词语。
缓慢的常规,
试图给我的解释,
已经给我的说辞,
展示了词语的无力。
或许死亡来临之时,
词语会终将属于我,
我将成为时间的乐器,
沉闷会变成另一种,抑或完全相同,
我的名字将化为独一无二的形体。
还有:我不会成为任何事物的理由,
或许,我就是那一瞬间的永恒。

秘密的秩序

处于沉默之下
迟滞的词
注定要被说出
探索一个个瞬间
评断与宣判
它们的表现。

断断续续、思虑过后的声音
习惯的秘密秩序
困境赋予词新的意义。

消逝
扩散

溶解的词语　动词的门徒
它在无法定义的声响中自我保护。

临终时刻已到
正如人期待的那般。

视而不见

宣扬着它的缺失

它变得越来越微小

在字母的分崩离析中死去

习惯与姓名都不复存在。

独创的第一课。

惧怕，眩晕。

一切周而复始。

大地

这样的日子能将我压倒
无声的脚步
整齐划一的脸庞。

目光：
迟缓的
阴影的影子。

大地在自言自语
词躲藏在
众人的色彩之后。

我们继续保持沉默。
休憩令我们渐行渐远。
一切每况愈下。
是窗口，还是书页？
秘密没有进展。

夜晚

当阴影四处弥漫
野草下恐惧被分散
一扇窗关闭
让每一个在视线中消失的词
在石块之间庄严地休眠。

夜晚万籁俱寂。
如果我活着,该做些什么呢?

留痕

画面停滞
我的双手留住一个念头
它因现实而消退
而现实让两只手上的
十指僵住不动。

名字的名字
总和之集成
这一循环提示我
一切皆已在昨日说出。

循环的终点
　　　　　又是开始
使我想起当下
浸入鬼魅之中
它们于任意的一点成形
未完而迷失
化作只为流逝的一瞬间。

季节

剩余的

树干

线的迷宫

离经叛道

哀叹时光

落叶的流言

我的脚步。

我曾想过:

即使证言,亦不能表达我们。

(关于那个秋天,

我只记得走过的森林

和那个恒久以来就已确立的地方)。

我接着想到:

季节姗姗来迟

随着午后被延长

直到无名的寂静将我们环绕。

彼得罗沙尼火车站

剪影缓慢地交错而过
月台被窃窃低语声填满。
黎明到来,一小群人沿路走来,越来越近
孩子与女人都无声无息。
突如其来的一束光,瞬间将他们全部抹去。
火车停住,在站中停留。
矿工们排成长队,穿越车站
在冬日的薄雾中。

哥伦比亚港

1

大概是正午时分
令人窒息的太阳,或
质朴的庭院
它们从坟墓中升起,没有大理石,没有绿色。

那里的一切吞咽着死亡的尘埃。
包括大海
每个星期天游人不断
任何一天都在光的火山中被扯开
向着十二点叫喊
与孩子们可怜的笑声比赛。

他们懂得与海浪搏斗
在水中瓦解
将骨骼安置在破布中
又不知疲倦地尖叫,直到
被村庄中的鬼魂附身。

故事已不再为任何人讲述，
时间与港口剩余的时间融合
音乐持续迸发，又沉沉睡去
在鱼儿的眼里，在沙中的玻璃。

远处渔网收回。
或许是，它们感知到难以平息的休眠，
水最深处的秘密，
沙滩中的沟壑。

2

如此这般，目光臣服于高高在上的太阳，
那轮优柔寡断的红，令自己蒙羞又迷失
亦没有山丘可以用来隐藏一点他的苦痛。

鸟儿逼近风景，
窃窃私语，自由地盘旋
疯狂地支撑在空气中
大叫一声
仍然回荡在每一只赤脚
每一根树枝
每一张越靠越近的网中。

此刻大海被月光笼罩。
鱼在水中屈服
鸟儿入睡
灯塔将每个夜晚
栈桥下建起的
城市点燃

比如，双重的奥林匹亚。

今天，无尽的石柱无法刻上这一幕
向上，向下……
一幅画：没有灵魂、没有气味、
没有神灵、没有灾难。
最终，时空。所有。
而我，正在夜晚的边缘
抑或是这加勒比的海岸。

归岛

若我弃岛而去
只需知晓战斗因何而起
在水泥铸成的海滩上,那近乎极限的静止:
　　　　　　　　　　　每个夜晚,
土著女人们并非情愿地监管着
最饥饿的鱼所在的、水最深处的秘密

一个或另一个无法推卸的孤独,
背景音乐忠实的声音。

瘦弱的妓女在疯狂的遗忘中憔悴,
因为她们拥有贞节
知道通过门上巨大的眼睛窥探
一败涂地的勇士那超然的双眼,
他一意孤行要独自将自己的故事拆解
　　　　　　　　　　散布在童话之间
那双脚不敢赤裸走上水面,
亦不会踏上带着伤痕的闪烁的火堆。

女妖:

　　狭窄的裙子,漫长的距离
在你的大腿之间
　　一片地下的丛林
知道在微笑中
　　保持沉默。

　　死亡就在前方。

卡洛斯·厄内斯托·加西亚

卡洛斯·厄内斯托·加西亚（Carlos Ernesto García），1960 年生于萨尔瓦多圣特克拉市，现居西班牙巴塞罗那，著名诗人、作家。其父亲和妹妹在萨尔瓦多内战中被政府军杀害，1980 年开始欧洲流亡生涯。1990 年代初创办《Xibalba》文学杂志，曾多次参加世界各地的文学活动。其诗作已被翻译成英语、意大利语、阿拉伯语和汉语。著有诗集《怒火也会腐烂》《战火中的爱情》《寄不出的信》。曾于 20 世纪初游历中国，之后其有关中国之行的纪实作品集《巨龙之梦》于西班牙出版，广受西语世界读者欢迎。

勇士的安息

厌倦了一切战争,
战士拔起
插在黄沙中的
利剑。
他想:
在此地死去,
甚好。

午后的时光,
一切无动于衷。
无人问起这位战士。
也无人在意,
他选择的休憩之地。

一场风沙,
渐渐掩埋了他。
他并未成为大地的肥料,
却滋养了荒漠。

激情

就在拂晓时分
你灿烂的光芒

摇曳在不断吟唱的
瓦格纳旋律之上

隐匿在一整面墙的
茉莉花叶之后

沐浴于非洲海滩
奇异的羽毛之中

沉浸在你的双眸里
和你肌肤的寒冷中
你已有几个世纪
未与我相拥而眠

小情诗

你已经知道,
我从忧伤走向忧伤,
还总是混淆所有的地方。
把宪法广场
当成乌拉乌拉公园,
把多瑙河看作帕伦河,
把安达卢西亚的孩子认作潘奇马尔科的孩子,
以为埃菲尔铁塔
是我家门前的输电塔,
我家就在圣马丁,
离苏奇托托不远。

没错,
我总会混淆一切。
包括你头发的颜色,
和咖啡豆上的那一抹深棕。

1985 年的夏天

靠墙站着
一个穿短裙的姑娘，
静静等待。

我看着她。
清了清嗓子，
吐出一口烟。
烟雾在她双腿之间盘旋纠缠
——她闭上双眼，轻轻吸一口气——

地铁停靠在了站台，
车门打开。
我们登上了不同的车厢，
任由自己被带远。

初吻
　　给一个我记不起名字的女孩

我亲吻你的时候
(是在你一个闺密的家里
当时我有点喜欢她)
那是你第一次接吻

我感觉到,你的身体在大地上震颤

后来我也没再见过你,也没再吻过你
但我想起你的时候
不知道为什么
仍然能感觉到大地上你身体的震颤

颂歌

布达佩斯的冬天
有一种古香古色的灰
多瑙河像一把刀
穿过这座城的躯干
城市目睹了上千场战争
同样见证的还有
古老的渔夫堡
它承受了来自土耳其的弓箭

在那里
想象力得以驰骋
数百年

若你在冬天来布达佩斯
定能感受到它仍在悼念
那午后的滋味,如血一般

咖啡

要让世界上所有钟表
的所有指针都停住
是不可能的

那么
我就心甘情愿地走到
熟悉的吧台
喝那每天至少一杯的咖啡吧
它能把我
送入老家的后院
那宏伟的时光

那里的我会沉浸至最深处
藏匿在自己之中
在那永远的角落
自娱自乐
记下那些在未来某天
想做的事情

零下十五万度

万物的另一面,
上帝存在。
他没有家
没有衣服,
游荡在人类想象力的
始与终之间。

当大地冷却,
当它已不是
我们的宇宙。

上帝踏上他最后的旅途,
赶来与我们一起消失,
仿佛从未存在。

逝水之恨

给里戈伯托·帕莱德斯

骇人的记忆，
用借来的双脚，
在杂乱的纸张中行进。
危险的记忆，
赤身裸体，在大街上打斗。
一个声音高叫着，
建造诗句的人们，
不再是沉睡的火山。
百无一用之地，
未被开刃的刀锋。

阴影

给 M. I. V.

角落里
一个充满利刃的阴影
向我微笑

就是这个阴影
今晚触摸了我的眼睛
手中握着
一把
死去的花。

明信片

我们这些心碎的男人
从历史的口中写下:
我们不会死于被遗忘
而是接受那些女人的爱,
她们在一个遥远的地方,
却依旧把我们记在心间。

追随者

  给 M. 阿莱格里尼

玛丽亚让我成为
最后一支烟的共犯

不远处
一个男孩跟在一个瘦小的卖花姑娘身后
跑得停不下来
她看上去像是吉卜赛人

忽然
姑娘站住了
张开了交叉的手臂
那束花落了下来
盖住了追随者的双脚

我们离开广场时
地面上散落着
一把被男孩的怒火
撕碎的紫罗兰

宛如晨露

我见过坠下的泪珠
它们落入枕上的丝绸
或是泥土和草丛中

但有一些
却不会掉下来
仿佛已被封存
并将持续一生。

预兆

我的手紧紧绷住
画出那你认得的致命形体
它想要结束
于我已然陌生的痛楚。

某种非人的东西隐匿在今夜
在门的那一边
随时准备用双腿把我缠住
就在闭眼的一瞬间

伏在你的身体之上
只有沉默
是我们最信赖的知己

丰都山

在丰都山
我即将穿过
为逝者
设立的吊桥

下方能听到
长江的嘶鸣
它汹涌的波涛
宛如一匹奔腾的怒马

一个老婆婆
将一只木碗
端在手中
请我饮下
将助我在彼端
遗忘过去的茶汤

缺席

我的妹妹、我的妹妹……
我的妹妹在哪里?
我茫然地寻找,
却遍寻不着。

刹那间,宛如子弹,宛如闪电,
她在恐惧中目睹恐惧。
她的白皙皮肤,她的青春年华。
她一个人载歌载舞的模样。
她阳光下的头发。
一切都烟消云散。
她的 18 岁在霞光一样的转瞬之间。
仿佛我记忆里的一阵机枪响。

有时候道路会将我引向
强盗们的威士忌——
猛然一声爆响。
黎明的一颗子弹,
一声尖叫。

墙上的潦草字迹

街道被
缺席者的光谱占领。

行进中几乎没有时间辨认,
墙上写着几行字迹潦草的诗句,
但是……诗人去了哪里?

我悄悄地穿行于一个个角落。
一条阴沟里,
<u>一丝血迹</u>
不情不愿地挪动着,仿佛不想到达
自己终将消逝其中的下水道。

祖国

我的祖国遥不可及,
那里没有飘扬的旗帜。
说起归属感,
听上去荒唐又虚无,
仿佛一段空心的木桩。

在祖国之中,
有一颗心在有力地跳动,
我望向窗外
是茫茫大海。

我的祖国遥不可及,
如沉默一般,无边无际。

有人

我想今晚:
有人,
身边将没有一个朋友
会一直等待一个电话
直到在电视前无聊入睡。
有人,
将为缥缈的东西命名。
有人,
要尝试闯入
自己的回忆。
有人,
将任由
一张照片的碎片纷纷落下
仿佛能构筑起复仇。
有人,
会绝望大叫。
有人,
会转开眼睛
因为已不想再看到同样的事物。

有人，

会上班迟到

都怪与相爱的人相亲之后

那些不必要的甜言蜜语。

有人，

还意识不到

自己的死亡

即将在纽约、

柏林，

或是伦敦的中心街道骤然降临

留在前额上一个硕大的窟窿。

有人，

或许就是你，或我

从自己的床上坐起身

可能想着

没有什么

外面发生的没有什么

比自己卑微

而凄惨的世界

更为重要。

我没有家

我曾经深爱的,半数已不在身边。
有一些留了下来,
其他的则已离去。

我的弟弟从墨西哥写来急信:
家里房子要塌了,
得卖掉它。
而我想:
原来我们还有家啊?

我爸爸最后没买那件衬衫,
也没买那条裤子,虽然特别喜欢。
他星期日不再上电影院,
也没有去一直梦想的地方旅行,
甘于去一个小公园遛弯,
在那里望着雕塑上马的脸
和骑在上面的将军。
这一切都是为了买一栋房子,
一栋能住的朴素小宅

而它今天竟然就这么塌了。

对我来说,
塌就塌吧。
若我曾深爱的,半数已不在身边,
若孩子们已不再相拥在窗前,
若我妹妹的笑容冻结在镜面,
那个恐怖的六月夜晚
风雨欲来,公鸡鸣唱,
若一个孩子金属般的啼哭
不能引发我无尽的柔情
让我的双手间生出一曲爱之歌,
那就塌了吧。
想要找一天再重新盖也可以
但只能建于灰烬之上。

我的声音,
将不在它的墙壁中震颤。
玛丽亚娜你的情书,
不会带着香气到达我的手中。
圣诞节来临时,我即将远走,
一个个孤独的房间将占据整栋房子,
据弟弟的信中说,
已经有玻璃掉了下来。

没有关系,
塌就塌吧,
若当真如此。
忘掉它就是我的复仇,
因为很久
很久以前
我就已经没有了家。

译后记：跨越地球上最遥远的距离

孔子曰："不学诗，无以言。"诗歌是最鲜活生动又内涵丰富的语言形式，想要了解一个国家和地区的文化，读诗是一种快捷且令人愉悦的途径。拉丁美洲在地理上堪称全球距离中国最远的地方，西班牙语也是一种和中文截然不同的语言。因此，相比世界其他地区的经典作品在中国的流行程度，有很长一段时间，拉美文学对于中国读者来说都是神秘而陌生的存在，直到二十世纪六七十年代，"文学爆炸"震惊了世界文坛，以《百年孤独》为代表的优秀文学作品也在中国收获了众多的忠实读者，甚至影响了数位中国当代文学大家的创作。"文学爆炸"带来的震撼和影响，至今仍在延续，近年来国内陆续译介出版了拉美作家的小说、随笔、访谈等。然而，诗歌与叙述性作品相比，却较少被重视，其中还有很大比例是从英语转译的。作为一名译者，同时也是一名在拉美大陆生活了多年、有幸近距离接触拉美作家和诗人的读者，我认为自己有义务为中国读者介绍更多的当代拉美诗歌。此次感谢山东文艺出版社提供的宝贵平台，我们精心挑选了六位来自拉美的优秀当代诗人，将他们的作品从西班牙语直译为中文结集出版。读过本书，想必大家已对诗人们的作品有所认知和解读了，我仅在这里记录一下自己亲历亲见的他们，我人生中值得纪念的宝贵经历，希望能有助于大家的阅读和理解——

伊达·维塔莱（Ida Vitale）是本书中年龄最大的诗人，来自乌拉圭，生于1923年11月。她因2018年的塞万提斯文学奖被西语世界的读者所熟知，其实在此之前她早已获得过很多奖项，著作更是数不胜数。我在几个月前的墨西哥蒙特雷国际书展上还听过她的讲座和朗诵，并有幸跟她共进午餐，陪她一起出席了几场活动。当时的她思维敏捷，妙语连珠，演讲不需要看稿，回答观众的随机提问无比风趣幽默又言之有物，而且走路竟然不需要人搀扶。当时我陪她一起坐在主办方安排的车里，她一路上饶有兴致地看着窗外新奇的景致，眼睛亮晶晶的，像个小孩。记得当时的最后一场活动是在公园里栽下一棵以她命名的小树，她还偷偷跟我说，今天特地穿上了舒服的运动鞋，想亲自拿铁锹挖几下呢——我简直不敢相信身边是一个将近百岁的老人。但我们到达时，树早就栽好了，她的名字被镶嵌在一块小铁牌上立在一边，现场都是严阵以待欢迎的人，很多读者从远处自发赶来目睹她的风采，还来了好几位重要的政府官员和大学校长，她只是谦虚地笑着打趣说这阵仗太夸张了，让自己受宠若惊。她和善地答应每一个要求合影签名的粉丝。她的一生称得上颠沛流离，曾经在军政独裁时期流亡海外，并多年旅居美国，直到比她小十几岁的第二任丈夫过世后才搬回故乡蒙得维的亚。但她的诗歌中，我总能读到一种平和的力量，是阅尽千帆后的温柔坚定。

葛莱茜拉·马图罗（Graciela Maturo）来自阿根廷，我们是几年前在美洲最大的文学活动——哥伦比亚麦德林国际诗歌节上相识的。当时我在协调组织一场朗诵，正忙得不可开交之际，忽然听到了一个能让全场安静下来的声音，音量不大，轻柔舒缓，但让人不由得去仔细聆听其中的含义。回头一看，原来是一个娇小的老太太，脸上的笑容如少女一般可爱。活动结束以后，我去找她聊天，说刚才没有全听清楚，能不能把朗诵的文稿给我看看，她亲切地送了我一本诗集还签了名，问我的名字怎么写，夸我的西班牙语说得好，听说我从中国来激动得不得了，说自己很喜欢中国文化，而且很久以前在大学里带过一名来留学的中国男生（后来我也认识了这位留学生，竟然是著名的西语翻译家林一安老师）。后来我拿起她的诗就没能再放下，原本以为这么大岁数的人很难远距离沟通，但她每次都及时认真地用邮件回复我在翻译中的问题。我的译文在杂志上发表后不但让她收获了不少中国读者，还得到了卡丘·沃伦诗歌奖的肯定。我们在生活中也成了好友，去年我到阿根廷参加文学论坛时还专门去布宜诺斯艾利斯她的家里拜访过。已年逾九旬的她仍然身体硬朗，热情地给我看她从前跟科塔萨尔、马尔克斯等大咖们的合影，还有她五个孩子从小到大的照片，我和她的女儿和孙女也成了朋友。她的诗歌中有一种水一般的柔情和浪漫。我想，创作时的她既是母亲，又是女儿和爱人。

卡洛斯·特鲁希略（Carlos Trujillo）是一位来自智利奇洛埃群岛的诗人。他在海外游历了半生，在美国高校任教多年之后选择回到故乡定居。他是本书中唯一我尚未谋面就拿到翻译授权的诗人。当初除了代表智利诗坛最高成就的聂鲁达国际诗歌奖以外，是莫言老师的几句话成功引起了我对此人的兴趣。他在2019年出访拉美期间曾到这位诗人家中做客，那是天涯之国中一处绝世独立的岛屿，上面风景绮丽，还流传着很多鬼怪传说。在莫言老师口中，这位诗人和善质朴，住在海边森林中的木房子里，太太做的菜特别好吃。这不就是梦想中面朝大海归隐田园的生活吗？他的诗歌是怎样的呢？怀着这样的好奇心，我通过智利前作协主席拉蒙先生要来了他的联系方式，有点忐忑地询问能否尝试翻译几首他的诗歌，他很快就回复了，给我发来了许多作品，还认真解答我的每一个问题，甚至朗诵了其中的几首与我交流。他的许多作品中都蕴含着深刻的哲学思考，有些甚至与中国的道家思想异曲同工。其中我最欣赏的是他的代表作《涂鸦》组诗，读时感觉得到海风的气息扑面而来，雄浑的想象力令人叹为观止，仿佛太平洋最绚丽的日落就在眼前。

马加里托·奎亚尔（Margarito Cuéllar）是我翻译的第一位诗人，也是我相识并共事多年的好友。我们算是同事，都在墨西哥新莱昂州自治大学工作。我们曾一起参加过多次文学活动，一起编译过大学出版社出版的中国当代诗歌双语合集《海上的霞光》，每次有中国诗人的作品在拉美出版他总是第一个认真阅读，还不遗余力地帮忙宣传。他和太太结婚时，我是四个证人之一（在墨西哥注册结婚需要四个见证人现场在公证书上签字，婚姻才合法生效）。疫情最严重的时候，他和太太邀请我去他们海边乡村安静的小房子里住过一段时间，对我像对家人一样。我们初次见面是我代表学院主持一场中国诗歌分享活动，他是嘉宾，当时我还不知道此人这么有名，就觉得是个其貌不扬的大叔，他说话语速极快，观众不是大笑就是鼓掌，特别捧场的样子，我在一边很怕自己翻译的速度跟不上。后来跟他聊天，他告诉我自己不久以前刚刚去过云南，特别喜欢中国的风土人情，给太太（那时候还是女朋友）买了一个熊猫玩偶，还写了好多诗。我当然得要来看看，一看就惊呆了——一个外国人在中国待了十几天，竟然能写出这样的诗歌，我怎么能不翻译成中文让他的中国朋友们看看呢？奎亚尔本人毫不犹豫就授权给我，还说如果有任何问题都可以随时随地找他。于是，尽管平时工作都很忙，我们还是经常约在午餐过后上课之前或者某场活动中间休息的短暂空档见面，他无比耐心地回答我各种各样的刁钻问题，还顺便给我科普了很多西语语法和词汇知识，甚至后来认识的很多西语作家都是他引荐给我的。可以说，他是一位把我带进西语翻译界的伯乐和师长。这些年来，我在不少报刊发表过奎亚尔的译文，他也保持着平均一年拿一个国际大奖的速度，而他们新家里的熊猫也已经发展成一个家族了。

塔露拉·弗洛莱斯（Tallulah Flores）来自哥伦比亚的加勒比海港城市巴兰基亚。我和她也相识于某一年的麦德林诗歌节，当时我带着来自上海的诗人赵丽宏老师参加一场图书馆中的朗诵，她恰好也被安排在了同一场朗诵，两位诗人的朗诵都得到了阵阵掌声。在回程的车上，她热情地跟我们聊天，说之前对中国诗歌的了解还仅限于古诗，没想到中国的当代诗歌同样精彩。之后我们一直保持着联系，我给她分享了更多中国当代诗人的作品，她作为巴兰基亚加勒比国际诗歌节副主席连续三年通过我邀请了中国诗人参加。有一年在诗歌节中，她还安排我去一家当地的公立小学教加勒比海边长大的小朋友们跳中国舞。一天的活动之后，她带着我和几位来自世界各地的诗人到了一家当地人聚集的热闹酒吧跳舞，说是想让我们体验一下纯正的哥伦比亚民族风，真的没想到她跳舞跳得特别好。除了写诗以外，塔露拉也有多年翻译诗歌的经验，参加巴兰基亚诗歌节和麦德林诗歌节的许多作者只能提供英语版，而朗诵和结集出版都需要使用西班牙语，她为最后优质的西语版成品贡献了不少力量。所以，我们作为作者和译者之间的沟通一直特别顺畅，有时候我的问题还没说完，她就已经提供了精准的解释。阅读她的诗句时，我能体会到那种对生命中细微之处的观察与感知，其中有美好也有疼痛，能写出这些文字的人，必定经历过丰富的人生，还有一双比常人敏锐的眼睛。

卡洛斯·厄内斯托·加西亚（Carlos Ernesto García）来自中美洲的小国萨尔瓦多，他已经在西班牙定居多年。我们也是在一场国际文学活动中相识的，当时已经是闭幕式之后的庆功宴，席间欢声笑语觥筹交错，还有不少人在跳舞，比起身边许多口才极好的朋友，他坐在一边面带微笑地看着大家，显得过于深沉了。于是我走过去跟他聊天，说我来自中国，在做翻译。他说，自己十几年前曾经去过中国，还坐船经过了长江三峡，问我要不要看看他那个时候写的诗，那我哪有不看的道理呢。活动结束后，我们各自回到了生活的国家，他也断断续续跟我说过一些他的故事——在他还年少时，萨尔瓦多爆发了内战，他在残酷的战争中失去了两位至亲，自己也从此流亡海外。记得我曾经问过他，不打算再回家乡了吗？他沉默了很久，说当然想，但他也不知道自己还有没有家。因此，我们特地收入了《我没有家》和《祖国》这两首诗，纪念他或许已永远失去的故土和家园。翻译他的文字是一个沉重的过程，在我本人也因疫情很长时间不能回国时，更是如此；但他的诗歌和人生故事也让同样让我意识到，自己有多么幸运。

总而言之，本书中六位诗人的性别、年龄、创作风格和生活阅历均不相同，但他们都属于拉美文学璀璨的星空。他们在本国已享有盛名，同样值得被中国的读者们认识。孔子曰："有朋自远方来，不亦说乎！"能够在世界各地结交朋友，是一大幸事；能够以美好的诗歌和文字作为媒介去了解一片陌生而遥远的土地，更是可遇不可求；而作为译者，能够把这一份美好分享和传递给每一位读者，则是最大的荣幸。希望大家都可以像我一样，尽情享受阅读这些诗句和神游拉美大陆的过程，跨越地球上最遥远的距离，与书中六位杰出的诗人成为朋友。

范童心